Primera edición: 2007

Distribución mundial

Comentarios y sugerencias:
librosparaninos@fondodeculturaeconomica.com
www.fondodeculturaeconomica.com
Tel. (55)5449-1871. Fax (55)5227-4640

🔲 Empresa certificada ISO 9001:2000

Coordinación editorial: Miriam Martínez y Eliana Pasarán
Diseño editorial: León Muñoz Santini

D. R. © 2007, Javier Sáez

D. R. © 2007, Fondo de Cultura Económica
Carretera Picacho Ajusco 227
Bosques del Pedregal
C. P. 14738, México, D. F.

ISBN 978-968-16-8368-9

Impreso en México / *Printed in Mexico*

Libro caracol
se terminó de imprimir en septiembre de 2007
en los talleres de Impresora y Encuadernadora
 Progreso, S. A. de C. V. (IEPSA)
Calzada San Lorenzo 244, Paraje San Juan,
C. P. 09830, México, D. F.

El tiraje fue de 4000 ejemplares.

Libro caracol

JAVIER SÁEZ CASTÁN

LOS ESPECIALES DE
A la orilla del viento
FONDO DE CULTURA ECONÓMICA
MÉXICO

A mis hijos

1

Felipe iba a comerse su merienda
cuando pasó el caracol Número
Uno a gran velocidad.

2

Felipe dejó su rollo
y comenzó a perseguir
al caracol.

3

El caracol corría y corría.

4

Pero Felipe no se quedaba atrás.

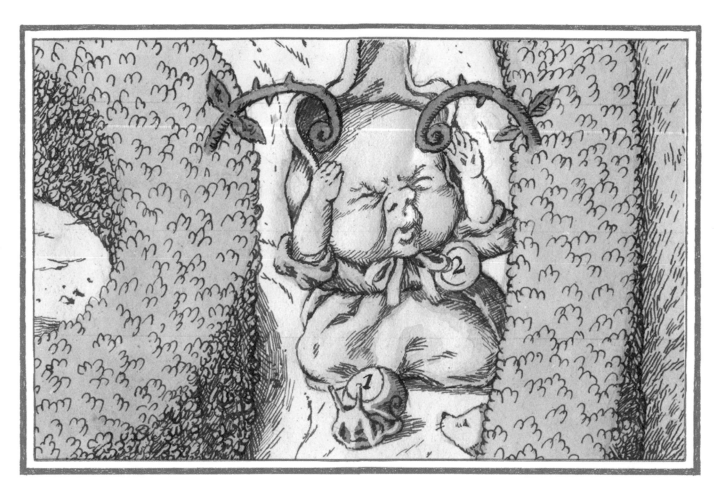

5

Pasó toda clase de peligros:
se magulló con las zarzas

6

sin dejar por eso
de perseguir al caracol.

7

Al llegar al charco,
el caracol se embarcó
en una hoja de col.

8

Felipe no se asustó
y continuó la carrera
a nado.

9

Pero el caracol corría y corría.

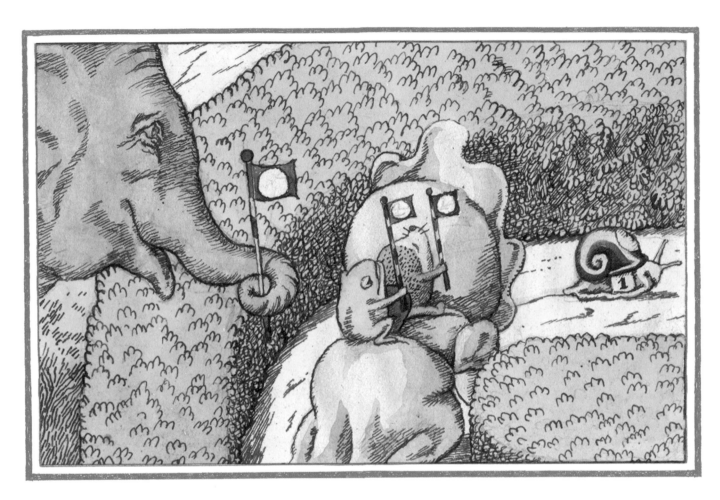

10

Y Felipe ya no podía más…

11

Al pasar la curva, el caracol desapareció.
¡Qué disgusto para Felipe!
Pero apareció un enanito que le dijo:
—No llores, llorón, que serás subcampeón.

12

Felipe volvió a seguir la baba
del caracol y, al final del camino,
¡oh, sorpresa!, se encontró
un bonito regalo.

¿Qué era?
Un *Libro caracol*,
como el que tienes
en las manos.

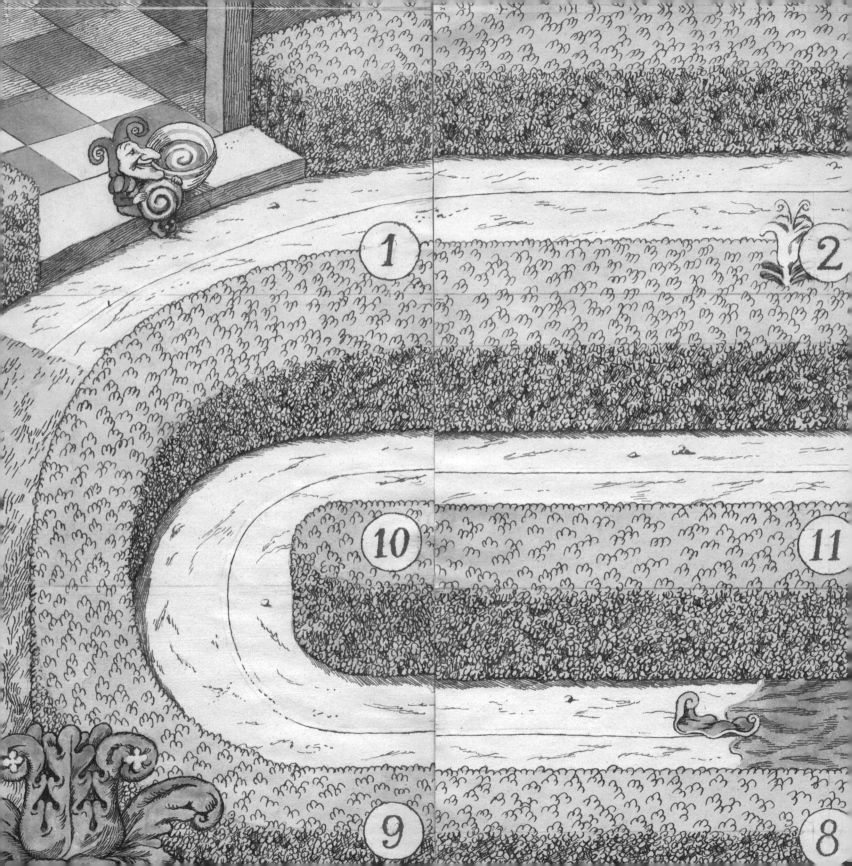

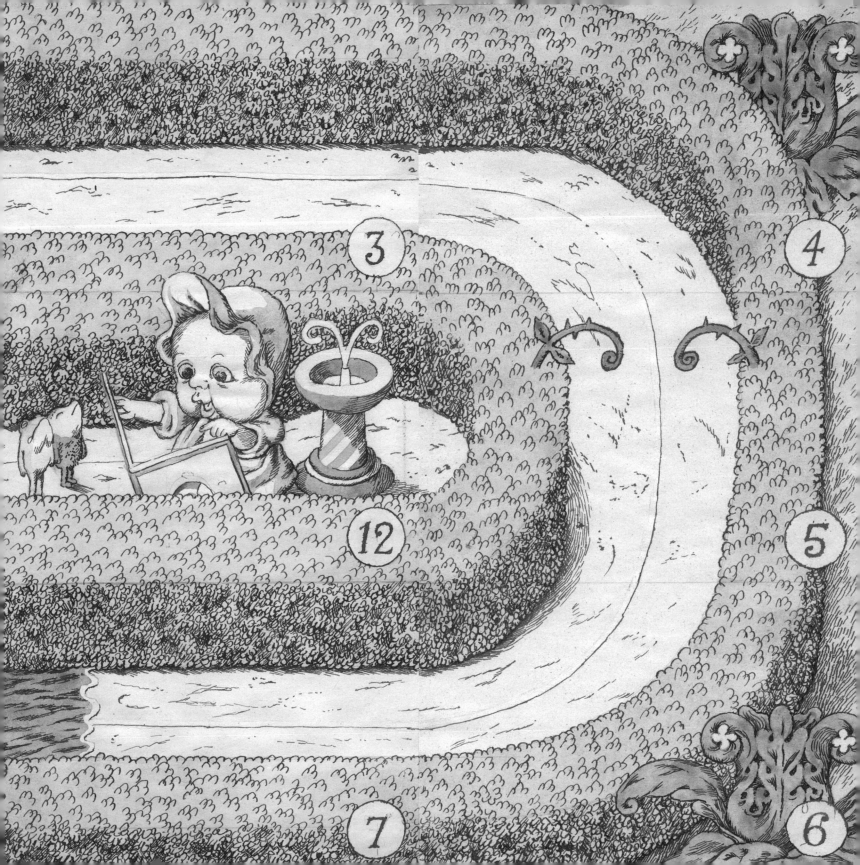

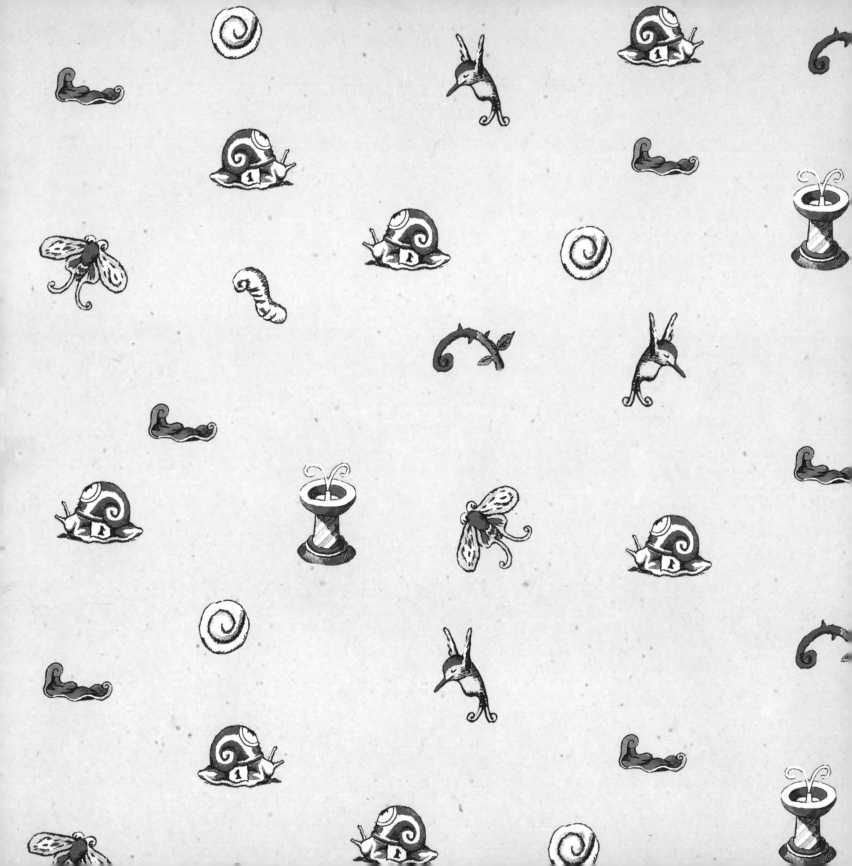